L'AMOUR VAINQEUR

DES

AMAZONES.

BALLET HEROÏPANTOMIME.

PAR

Mr. LAUCHERY Lainé

MAITRE DES BALLETS DE LA COUR
PALATINE,

LA MUSIQUE EST DE LA COMPOSITION

DE Mr. CHRISTIAN CANNABICH,

DIRECTEUR DE LA MUSIQUE INSTRUMEN-
TALE DE S. A. S. ELECTORALE
PALATINE.

DE L'IMPRIMERIE DE LA COUR.

1775.

ARGUMENT.

L'histoire ancienne rapporte qu'une femme Courageuse nommée Marthéfie, d'une beautè fans égale, & ennemie de la domination des hommes, encouragea fes compagnes à fecouer leur joug. Elle poufla plus loin fon ambition; elle fe fit élire reine des amazones, & fon humeur guerriere la mit au rang des Conquérans. Elle avait déja fort étandue fes Conquêtes le long des rives du thermodon lors qu'un roi fcyte nomé argabife, avec une puiffante armée s'oppofa à fon paffage. Marthefie le défit & le fit prifonnier avec une Partie de fes Soldats: mais Cette victoire lui Couta la perte de fon Cœur. Entrainée par la paffion, & retenuë par la loi qu'elle avait elle même etablie pour maintenir toute amazo-

nes

nes dans l'indépendance d'un Epoux, elle fe détermina à l'époufer en Secret.

Ce trait hiftorique m'a fourni l'idée de mon Ballet, l'épifode que j'y ai ajouté eft fi naturellement lié au fujet, qu'il ma femblé en avoir été retranché, & qu'en l'y ajoutant je n'ai fait que le reftituer.

Perfon-

Perfonnages du Ballet.

Marthefie , Premiere Reine des amazones
Mde Micheroux.

Thaleftris, parente de la Reine & Fille du fleuve Thermodon. - Mde Lauchery.

Argabife, Roi des Scytes - Mr. le Grand L.

Tharmiphar, Prince allié du Roi - Mr. Crux.

L'amour, - - Mlle Redewein.

L'ymen, - - Mlle Boudet.

le Fleuve Thermodon - M. Boudet Pere.

Les fonges reprefentant.

la Victoire. - - Mlle Crefslerin

la Renomèe - - Mr. Camargo

une Amazone - - Mlle. Dimmlern

& une Scyte - - Mr. Grinewald.

Corps de Ballet.

Troupe de Scytes
Troupe d'Amazones
Suite de L'amour.
Suite de L'ymen.

A 3   les

les Décorations & les machines font de L'invention de Mr. Laurent Quagllio, Décorateur des Spectacles de la Cour Palatine.

la Musique est dirigée par Mr. Jean Toëschi Maitre de Concert de S. A. S. E. Palatine.

les habits font definés par Mr. Egel Sculpteur de la Cour.

L'Amour

L'amour vainqueur
des Amazones
Ballet héroï Pantomime.

Sçene premiere.

La Décoration repréfente dans lé-loignement la ville de thémifcyre, fituée fur une Coline au pied de la qu'elle Coule les Eaux du fleuve, thermodon. d'un Côté eft le quartier géneral d'Argabife, & l'oppofé une forêt ou lon voit un Chemain qui Conduit au Camp des Scytes.

(La Lune parait finir fon Cours.)

le Roi, & fa Suite couchés fous des tentes, goutent en paix les douceurs d'un funefte repos, qui Va leur

Couter

Couter du fang & des allarmes; tout
femble concourir à leur perte: jusqu'au gardes poftés à l'entrée de la
tente du Roi, fuccombent au fommeil qui les preffe, & laiffent le
camp fans défenfe à l'ardeur vange-
reffe des amazones irritées.

Sçene deux.

Marthefie leur reine, fort de la
ville dans le plus grand Silence, pré-
cedée d'une partie de fes gardes,
Et accompagnée de thaleftris fille du
fleuve thermodon. Elle prie cette
amazone d'aller trouver fon pere, &
de le fuplier de fa part de fufpendre
la rapidité de fes Eaux, pour en
faciliter le paflage à fon armée, qui
doit attaquer celle des fcytes à la
point du jour. Thaleftris enchantée
de prouvér fa fidelité à la Reine, fe

pro»

profterne à fes pieds en figne d'obéi-
fence; & après l'avoir Embraffée elle la quitte pour fe rendre au rivage
fuivie d'une feule de fes Compagnes,
tandis que marthefie dans la plus
grande impatiance rentre dans la
ville pour y attendre le fuxès de fon
méffage.

Sçene trois.

Thaleftris, & fa Compagne qui la
Conduit arrivent fur le fleuve dans
une nacelle pour fuplier fon pere d'ê-
tre favorable à la priere de la Reine.

Le Dieu du fleuve à la voix de fa
fille Sort de fa Grotte profonde; lui
témoigne fa Joïe de la revoir, & lui
promet de feconder le déffein qu'a
Marthefie de venir furprendre le
Camp

Camp des Scytes endormis. Thaleftris après avoir embraffé fon pere
remonte le fleuve pour annoncer à
la reine & aux amazones fes Compagnes, qu'il eft tems de Commencer
cette grande entreprife,

Sçene quatre.

Le Dieu du thĕrmodon, prie ce-
lui du Sommeil de lui envoïer des
fonges flateurs pour le repos des
guerriers, & les tromper par de
flateufes Efpérences de Victoire.
A l'inftant la terre s'ouvre & laiffe for-
tir de fon fein Morphée, & fes fre-
res, fous la figure. de la victoire,
de là renomée, d'un Scytes, & d'une
amazones. après avoir exécuté les
ordres du fommeil leur pere, ils re-
prenent le chemin de leur Caverne.

Sçene

Scene cinq.

Marthesie à la tête de ses amazones, sort de la ville & traverse le
fleuve en silence. après avoir débar-
quées, elles fondent sur les premieres
gardes qui cherchent leur salut dans
la fuite. Un grand bruit de guerre éveille le Roi, qui dans ce prés-
ant danger rassemble ce qu'il peut
trouver des siens pour s'opposer à
l'effort de leurs ennemis. Mais le
désordre de ses troupes trompent
son attente, & le forcent lui-même
à succomber : il est désarmé, fait pri-
sonnier avec les siens, & Conduit
à la ville Capitale des vainqueurs.

Scene

Sçene fix.

Tharmiphar, Prince allié d'argabife, averti par quelques fuïards de
la furprife de leur camp, accourt
avec la troupe choifie pour fecou-
rir fon allié; mais il fe trouve déja
au pouvoir des amazones voguant
au gré du Dieu qui les protege.
Furieux de fe voir dépourvû de bar-
ques, il forme le projet de traverfer
le fleuve à la nage; mais tandis qu'il
exhorte fes Soldats, le Dieu fort de
fes eaux & leur Commande de s'a-
giter & de fe groffir, pour empe-
cher la troupe du Brave tharmiphar, de donner du fecours à fon
allié. Ce Prince génèreux, au dé-
fespoir de cet obftacle, quitte cette
rive profonde, & fe retire pour
chercher vers la fource un paffage
propre à fon déffein.

Sçene

Sçene sept.

La décoration change. Elle repréfente le Palais de Marthefie ornè
de trophès militair avec un
trône fur un des Côtés. Le
fond eft ouvert & laiffe voir la
ville décorée pour un triomphe.
Au milieu du Palais eft un autel
avec la ftatuë du Dieu mars
pofé fur un Pied d'Eftal.

Les amazones triomphantes arrivent au bruit des fanfares, en Con-
Conduifant chacune un Scyte en-
chainé. la Reine termine la Marche
dans un Char Richement orné & trai-
né par quatre de fes prifonniers,
ayant à fa fuite pour l'ornement de
fon triomphe le Malhereux Argabife enchaîné. La Marche finie, Elles dreffent un autel des armes de
leurs vaincûs, à la gloire du Dieu
du

du Fleuve qui les à favoriſées & ga=
ranties: Cela fait , elles ſe diſpo=
ſent à lui immoler leurs priſonniers
ſuivant la coutume. Après les dan=
ſes qui précedent le ſacrifice, elles
apportent à la Reine le glaîve qui
par diſtinction lui eſt deſtiné; Mar=
theſie Commande qu'on faſſe apro=
cher les victimes & la premiere qui
s'offre eſt Argabiſe. Ce Malheu=
reux, qui dans ſon Eſclavage n'a pû
défendre ſon Coeur des charmes de
Martheſie , Craignant de mourir
d'une autre main que de le Sienne,
vient à ſes genoux d'un air ſatisfait
la prier de L'honnorer de ſes Coups.
Déja le bras eſt levé, eſt le Couteau
prêt à s'enfoncer dans ſon ſein;
mais une puiſſance inviſible qui pré=
ſide à ſes Jours arrête le Bras de
Martheſie: ſurpriſe de ce prodige,
elle recule, en Contemplant cet in=
fortuné qui lui demande la mort
Comme une faveur. Des Senti=
ments plus forts que ceux de la pi=
tié

tie s'emparent de fon âme ; elle
tremble, elle héfite, mais la loi
l'emporte, elle s'y foumet en gémif-
fant, & fe met en devoir de l'exé-
cuter : mais le même pouvoir incon-
nu la désarme, le fer tombe de fa
main, & déja fa bouche s'ouvre
vers le Roi pour lui annoncer fa
grace, losque les amazones éton-
nées de la faibleffe de leur Reine
jusqu'alors intrépide, pour ranimer
fon Courage par l'exemple du leur,
faififfent chacune un Scyte dans l'in-
tention de l'égorger. La Reine en-
couragée par fes guerrieres, ramaffe
fon Poignard pour en percer fon
Captif devenu fon amant ;

Sçene huit.

A lors l'amour qui veille à leur
bonheur parait a la place de l'autel,
&

& pare le coup mortel prêt à être porté. Au même inftant les amazones qui n'aspiraient qu'a la vengeance, à la vuë du petit Dieu, ne refpirent déja plus que l'amour; elles paffent fubitement de la fureur à la tendreffe, & pour raffurer les Scytes encore éffraiés elles jettent leur poignards, les déchaînent, &leurs demandent des fers à leur tour. Les Scytes volent aux pieds du Dieu qui les protège, & l'amour les allie aux amazones pour ne plus former qu'un peuple de guérriers foumis à fes loix. Tous forment un divertiffement qui tout à Coup eft interrompû par un bruit de guerre qui fait Courir tout le monde aux armes. Mais L'amour qui veut avoir feul toute la gloire de cette journée les arrête, & ordonne que chacun le Suive: en fe retirant il change le Palais en un bosquet délicieux.

Scene

Sçene neuf.

Tharmiphar qui s'eft fait un paffage fur le Fleuve que fa vaillance à
dompté, arrive, & Croit s'être mé-
pris de chemin en voïant un bosquet
où il Croïait trouver un camp. déja il
s'apprête à Sortir lorsque thaleftris
munie d'une guirlande enchantée
s'oppofe à fon paffage. Par un autre effet du preftige, les Soldats ef-
fraiés prennent la fuite & laiffent
leur Prince. Celui-cy furieux de
leur lâcheté, pour leur prouver
que cette amazone n'eft pas une Di-
vinité invulnerable, s'élance vers
elle pour la percer de fa flêche, mais
thaleftris fans s'émouvoire fufpend
l'effet du Bras armé, elle enchaîne
le heros, & le contraint à S'avouer
vaincu & charmé de fa défaite.

B Sçene

Scene derniere.

A l'inftant le Bosquet difparait, &
laiffe voir une allée de palmiers
ornés de Statues & de vafes,
& dans le fond le temple de
L'hymén & de L'Amour, Dé-
corés de torches nuptiales, &
d'emblêmes Confacrés à leur
Divinités,

Argabife & marthefie font à l'autel ou ils funiffent à Jamais: & les
Scytes, ainfi que les amazones à l'E-
xemple de leurs Rois, fe font le
ferment d'une fidelité eternelle.
Tharmiphar & thaleftris arrivent,
& viennent fuplier l'amour de pre-
fider à leur union. Ce Dieu leur
accorde cette faveur: après quoi,
les fuivants de L'hymen & de l'a-
mour

mour , ainſi que les nouveaux
Epoux, forment un Divertiſſement
général dans le quel on célebre la
victoire de Marthefie, & le triomphe du plus charmant des Dieux.

Fin.

www.ingramcontent.com/pod-product-compliance
Lightning Source LLC
Chambersburg PA
CBHW061510170626
46811CB00004B/1686